1.r Avril 1914

(N° 326)

Vente du Mercredi 1ᵉʳ Avril 1914

HOTEL DROUOT — SALLE N° 7

Nº 117 du Catalogue.

PEINTURES - DESSINS

GOUACHES - MINIATURES

Mᵉ ANDRÉ DESVOUGES

M. LOYS DELTEIL

EXPOSITION PUBLIQUE, HOTEL DROUOT, SALLE N° 7

Le Mardi 31 Mars 1914, de 2 heures à 6 heures.

FRAZIER-SOYE

GRAVEUR-IMPRIMEUR

153-157, RUE MONTMARTRE

PARIS

CATALOGUE

DES

PEINTURES

GOUACHES

DESSINS

ET

MINIATURES

Par ou attribués à :

L. BOILLY, COROT, DANLOUX, DEVÉRIA, J.-B. HUET,
J.-B. ISABEY, LAGRENÉE, LE PRINCE, LOUIS MOREAU,
J.-M. MOREAU LE JEUNE, PERNET, PILLEMENT,
PORTAIL, P. POTTER, PRUDH'ON, RAFFET, H. ROBERT,
P.-P. RUBENS, SICARDI, WATTEAU, ZIEM, etc.

———

Dont la vente aura lieu

à Paris, HOTEL DROUOT, Salle N° 7

Le Mercredi 1er Avril 1914

à 2 heures précises

———

Par le Ministère de M⁰ ANDRÉ DESVOUGES

COMMISSAIRE-PRISEUR

26, Rue de la Grange-Batelière

Assisté de M. LOYS DELTEIL, Graveur et Expert

2, Rue des Beaux-Arts

CONDITIONS DE LA VENTE

Elle sera faite au comptant.

Les adjudicataires paieront *dix pour cent* en sus des enchères.

M. LOYS DELTEIL remplira les commissions que voudront bien lui confier les amateurs ne pouvant y assister.

MM. les amateurs pourront visiter la collection, *2, rue des Beaux-Arts*, du Mardi 24 Mars au Lundi 30 Mars 1914 *(le Dimanche excepté)* de 2 heures à 5 heures.

EXPOSITION PUBLIQUE, HOTEL DROUOT, SALLE N° 7
Le Mardi 31 Mars 1914, de 2 heures à 6 heures.

N° 17 du Catalogue.

DÉSIGNATION

AARTMAN (Nicolas)

1. Marines animées de personnages. Deux aquarelles formant pendants, *signées* et datées : 1755. Encadrées.

> L. (de chaque pièce) 192. H. 130.

ANASTASI (Auguste)

2. Une Rue à Tivoli. Aquarelle. Timbre de la vente. Encadrée.

> H. 312. L. 238.

BAUGEAN (Jean-Jérôme)

3. La Terrasse au bord de la mer. Aquarelle. *Signée* et datée : 1800. Encadrée.

> L. 416. H. 303.

4. — Site d'Italie, 1800. Aquarelle. Encadrée.

BERTIN (Jean-Victor) ?

5. Paysage composé. A l'encre de chine. Encadré.

L. 340. H. 245.

BERTON (Armand)

6. Feuille d'étude. Aux trois crayons. *Signé.*

L. 310. H. 240.

BOILLY (L.)

7. Portrait d'Homme. Crayon. *Signé.* Encadré.

H. 140. L. 100.

BOISSIEU (J.-J. de)

8. La timide Paysanne. Plume et encre de chine. *Signé* du monogramme. Encadré.

H. 288. L. 184.

BONINGTON (R.-P.)

9. Vues et paysages, études de barques. 12 dessins et croquis.

BOURGOIN (Désiré)

10. Le Jardin. Aquarelle. *Signée.*

H. 385. L. 278.

BULTHUIS (Jan)

11. Vue de Hollande. A l'encre de chine. *Signé.* Encadré.

L. 232. H. 150.

CALS (Adolphe-Félix)

12. Portrait présumé d'Alexandre Dumas fils. Crayon. *Signé.*

CHAYS

13. Villa d'Est — Les Ruines. Deux contre-épreuves de sanguines, *signées* et datées : 1776. Encadrées.

CHEVOTET (Jean-Michel)

14. Élévation de la façade du Palais de Bourbon (entrée et côté du jardin). Deux grands dessins obl., à l'encre de chine, avec quelques rehauts.

N° 18 du Catalogue.

COK (S.)

15. Détails de voitures de maîtres, Paris 1786. Dessin aquareilé. *Signé*. Encadré.

L. 223. H. 110.

COROT (J.-B.-C.)

16. Portrait du Grand Père Rousseau, dessiné à Avallon, en 1844. A la mine de plomb. Encadré.

COROT (Attribué à J.-B.-C.)

17. Le Village au bord de l'eau, effet de soleil couchant. PEINTURE. *Signée*.

L. 380. H. 238.

DANLOUX (H.-P.)

3 70 — 18. Portrait de Femme. Crayon, avec rehauts d'aquarelle. De forme ovale. Encadré.

H. 155. L. 130.

DAUBIGNY (C.-F.)

110 — 19. La Ville au haut de la colline. Crayon noir. *Signé*.

L. 327. H. 182.

DELACROIX (Eugène)

20. La Mort de Sardanapale. A la mine de plomb, sur papier calque. Cachet de la vente. Encadré.

DESFORGES

21. Femme assise. Croquis à la plume. Encadré.

DESFRICHES (Attribué à A.-Th.)

22. La Charette — Les Mulets. Deux dessins à la sépia, sur papier bleu, avec rehauts de blanc. Encadrés.

DEVÉRIA (Achille)

40 — 23. Le Joueur de mandoline. Mine de plomb. Encadré.

H. 211. L. 198.

200 — 24. Portrait de jeune Homme. Crayon noir avec rehauts de sanguine et de blanc. *Signé* des initiales et daté : 1849 ? Encadré.

H. 250. L. 185.

DRIELST (Egbert van)

50 — 25. Le Chemin conduisant à la Ferme. Dessin rehaussé d'aquarelle.

L. 370. H. 282.

26. Le Repos du Chasseur. Crayon.

L. 518. H. 365.

DU JARDIN (Karel) ?

27. La Femme montée sur un âne. A la sanguine.

H. 138. L. 102.

N° 16 du Catalogue.

DUVIVIER (Ignace)

28. Le Passage du gué. A la plume, rehaussé d'aquarelle et d'encre de chine. *Signé* et daté : 1788. Encadré.

L. 575. H. 370.

DYCK (Ant. van) ?

29. Samson et Dalila. Crayon noir, avec rehauts de blanc, sur papier bleu.

L. 468. H. 299.

EPINAT (Fleury)

30. Grotte de la Balme, en Dauphiné ? Sépia. *Signée.*
Encadrée.

L. 323. H. 230.

FAIVRE (Abel)

31. Léda moderne. Crayon avec rehauts. Signé des
initiales. Sous-verre.

FORAIN (J.-L.)

32. Sur le champ de courses — En Soirée — Le Sui-
veur, etc. Six dessins à la plume sous le même
cadre (l'un d'eux est signé du nom de l'artiste, un
autre de son initiale).

FRAGONARD (Honoré)

33. Scène de l'Arioste. Crayon noir et encre de chine.
Collection du B⁰ⁿ Portalis. Encadré.

H. 398. L. 252.

GARNERAY (Attribué à Ambr.-Louis)

34. Premier combat du vaisseau les Droits de l'Homme,
le 13 juin 1797. A l'encre de chine. Encadré.

L. 710 H. 560.

GAVARNI

35. Le Titi. Aquarelle. *Signée.* Encadrée.

H. 178. L. 105.

GIRODET (A.-L.) ?

36. Composition mythologique. Esquisse peinte.
Encadrée.

H. 218. L. 180.

GREUZE (École de J.-B.)

37. La Lettre de cachet. A la sépia. Encadré.

L. 650. H. 455.

Nº 74 du Catalogue.

N° 72 du Catalogue.

N° 72 du Catalogue.

N° 75 du Catalogue.

N° 75 du Catalogue.

N° 89 du Catalogue.

GREVEDON (Henri)

38. La Prière. Aux crayons de couleurs. Encadré.

H. 290. L. 220.

GRIFFIER (Robert)

39. Paysage vallonné. A la pierre noire.

H. 332. L. 292.

GUERCHIN (École du)

40. Figure à la sanguine. Encadrée.

H. 183. L. 153.

GUYS (Constantin)

41. Deux Horizontales. A l'encre de chine. Encadré.

H. 228. L. 168.

42. Femme en buste, à l'éventail. A l'encre de chine, légers rehauts. Encadré.

H. 168. L. 143.

G. van de H....

43. Les Oiseaux dans le Parc. Motif décoratif. Encre de chine et sépia. *Signé* des initiales et daté : *1766*. Encadré.

H. 292. L. 210.

HUET (J.-B.)

44. La Bergère. A la pierre d'Italie. *Signé* et daté : *1781*. Encadré.

L. 300. H. 230.

45. Le Berger. Plume et sépia. *Signé* et daté : 1784. Encadré.

L. 310. H. 238.

ISABEY (Eugène)

46. Les Chaumières. Crayon. *Signé* des initiales.

L. 120. H. 103.

J. C. L....

47. Le Marché en plein vent. Aqurelle. *Signée*. Encadrée.

L. 318. H. 210.

JOSUA DE GR....

48. Coin de Parc. Plume et encre de chine. *Signé*. Encadré.

H. 248. L. 180.

KNIP (J.)

49. Panorama de Sèvres et de St-Cloud. Aquarelle.

L. 342. H. 234.

KOBELL (Jean-Baptiste)

50. Pastorale. Encre de chine et sépia. *Signé*.

L. 450. H. 358.

LA FOSSE (de)

51. Etudes de mains. Aux trois crayons. Collection R. Portalis. Encadré.

H. 255. L. 195.

LAGRENÉE (J.-J.)

52. Le Sommeil. Aux trois crayons, sur papier bleu. *Signé*. Encadré.

L. 310. H. 240.

LANGENDYCK (Dirk)

53. Escarmouche. A l'encre de chine. *Signé* et daté : 1782. Encadré.

L. 270. H. 210.

54. Un Cavalier. A l'encre de chine. *Signé*. Encadré.

H. 260. L. 198.

LÉANDRE (Charles)

55. Types normands. Deux dessins à la plume, lavis d'encre de chine, *signés*, dans le même cadre.

LECLERC ou PARIZEAU

56. Le Violoniste de village. A la plume. Encadré.

H. 183. L. 76.

LEEN (Willem van)

57. Nature morte : pêches et raisins. Aquarelle. *Signée.*
Encadrée.

L. 400. H. 312.

Nº 44 du Catalogue.

LEGILLON (Jean-François)

58. Etudes d'animaux. Sept feuilles de croquis, *signés*
et datés (1781 à 1786).

LELOIR (Maurice)

59. Les Mousquetaires, frontispice. A l'encre de chine.
Signé.

H. 340. L. 240.

LE PRINCE (Jean-Baptiste)

60. Paysannes Russes. Crayon. Collection Calendo. Encadré.

H. 244. L. 180.

LIENDER (Paulus van)

61. Sîte d'Arcadie. Aquarelle.

L. 248. H. 200.

MANET (Édouard)

62. Le Bar. Croquis aquarellé. Collection A. Proust.

H. 230. L. 200.

MIGNON (Attribué à Abraham)

63. Nature morte : fruits et légumes. PEINTURE. Toile.

L. 240. H. 190.

MILLE (E.)

64. Le Coup de vent, paysage d'Italie. Gouache. *Signée*. Encadrée.

L. 510. H. 352.

MINIATURES (XVᵉ et XVIᵉ Siècles)

65. La Naissance du Christ.

66. La Sᵗᵉ Trinité. Gravure sur bois enluminée. Encadrée,

66 *bis*. La Naissance de la Vierge — Lettre ornée. Deux miniatures.

MINIATURES

ISABEY (Jean-Baptiste)

67. L'Impératrice Marie-Louise. Miniature de forme ovale. *Signée*.

H. 39. L. 27.

SICARDI (Luc)

68. Portrait d'Homme. Miniature. *Signée* et datée : 1785.

H. 31. L. 24.

ANONYME

69. La Reine Marie-Antoinette. Miniature.

H. 29. L. 16.

N° 67 du Catalogue.

MOLENAER (J.) ?

70. Intérieur de tabagie. Crayon noir.

L. 475. H. 370.

MONNI (Louis de)

71. Le Marchand de volailles. Plume et encre de chine. *Signé*. Encadré.

H. 190. L. 150.

MOREAU L'AINE (Louis)

72. Les deux Barques à l'ombre d'un bouquet d'arbres — Les Chaumières près d'un chemin accidenté. Deux très belles gouaches, se faisant pendants. Encadrées.

L. (de chaque gouache) 238. H. 168.

73. Les deux Charettes. Importante gouache. Encadrée.

L. 480. H. 345.

74. La Rivière bordée de collines. Importante gouache.
Encadrée.

L. 478. H. 345.

75. Le Retour du voyageur — La Ferme. Deux aquarelles, se faisant pendants. Encadrées.

L. (de chaque aquarelle) 324. H. 218.

N° 45 du Catalogue.

MOREAU LE JEUNE (J.-M.)

76. Portrait d'Homme. Crayon. De forme ronde.
Cadre ancien, nœud de rubans.

Diam. 115.

MOUCHERON (Isaac)

77. La Pièce d'eau. A la sanguine. Encadré,

L. 277. H. 187.

NICOLLE (V.-J.) ?

78. Vestiges antiques. A la sépia. Encadré.

OSTADE (d'après A. van)

79. Scène d'Intérieur. Petite PEINTURE de forme ronde. Encadrée, cadre cuivre.

PARIZEAU (Philippe-Louis)

80. Croquis de jeune Femme. A la sanguine. Encadré.

PENNE (Olivier de)

81. Chien de chasse en arrêt. A la plume, sur papier calque. *Signé*. Encadré.

L. 290. H. 175.

PERNET (P.)

82. Ruines antiques. Deux petites aqua relles de forme ronde. se faisant pendants.

Diam. 90

PERNET?

83. Ruines romaines. Aquarelle. De forme ronde. Encadrée.

Diam. 85.

Nº 87 du Catalogue.

PILLEMENT (Jean)

84. La Forge. Pastel. *Signé et daté:* 1805. Encadré.

L. 380. H. 298.

85. Les Bohémiens arrivant à l'auberge. Pastel. *Signé et daté:* 1805. Encadré.

L. 380. H. 298.

86. Paysage. Contre-épreuve de sanguine.

PORTAIL (Jacques-André)

87. Le Commissionnaire Parisien. Crayon et sanguine avec rehauts d'aquarelle. Collection Decloux. Encadré.

H. 229. L. 150.

POTTER (Paul)

88. Les Cinq Cochons. Crayon noir, sur papier jaune. Collection A. Mouriau.

L. 332. H. 201.

PRUDHON (Pierre-Paul)

89. Le Cruel rit des pleurs qu'il fait verser. Très beau dessin au crayon noir. *Signé*. Encadré. A été gravé par L. Copia.

L. 315. H. 240.

PUNT (Jan)

90. Romain de Hoghe, 1733. A l'encre de chine. *Signé* et daté. Encadré.

H. 220. L. 167.

PUVIS DE CHAVANNES (P.)

91. Etude de Femme nue. Crayon noir. Encadré.

L. 170. H. 130.

QUAST (Peter)

92. Achille — et pendant. Deux dessins, *signés* et datés : *1638*. Encadrés.

RAFFET (A.-D.-M.)

93. Vive la République !, projet pour la pl. 6 de l'Album de 1832. A l'encre de chine.

L. 240. H. 165.

94. Caisson autrichien d'une pièce de 6, juin 1849. A la mine de plomb.

L. 300. H. 210.

95. Un Dominicain. Aquarelle. *Signée* et datée : 1849. Encadrée.

H. 305. L. 215.

RASSENFOSSE (Armand)

96. L'Ouvrière. Crayon et encre de chine, avec légers rehauts. *Signé* du monogramme.

N° 76 du Catalogue.

REMBRANDT VAN RIJN (Ecole de)

97. S' Martin. Plume et sépia. Collection John Barnard. Encadré.

H. 187. L. 132.

98. Scène de l'Histoire ancienne. A la plume, lavé de sépia.

L. 278. H. 193.

RENI (École de GUIDO)

98 *bis*. L'Amour et Pan. A la plume. Encadré.

H. 185. L. 146.

RIVIÈRE (Henri)

260. 09. Terres labourées (Automne). Aquarelle. *Signée*. Encadrée.

L. 540. H. 220.

ROBERT (Hubert)

170. 100. Le Temple antique. A la pierre d'Italie. Encadré.

L. 308. H. 210.

ROBERT (Hubert) ?

80. 101. La Colonnade. A l'encre de chine. De forme ronde. Encadré.

Diam. 98.

ROOS (H.)

102. La Charette. A l'encre de chine. Encadré.

L. 262. H. 158.

ROPS (Félicien)

135. 103. Femme de l'Ile de Texel, jeune Femme et paysan. A la plume. *Signé* des initiales et daté : *73*. Encadré.

135. 104. Types populaires de Middelburg, d'Arnemuiden, etc. Trois dessins aquarellés (datés : 1874). Encadrés. *Ce numéro sera divisé.*

ROUSSEAU (Théodore)

105. Le Vallon. A la mine de plomb. Timbre de la vente. Sous-verre.

ROUX (Ad.)

106. Chemin creux, à Olive. Plume, encre de chine et sépia. *Signé*. Encadré.

L. 410. H. 340.

RUBENS (Pierre-Paul)

305. 107. Prométhée. Sépia et encre de chine. Des collections. M. D., et C⁰ Severs.

L. 328. H. 224.

SAINT-AUBIN (Aug. de)

108. Buste d'Homme. Crayon noir. De forme ovale. Encadré.

H. 128. L. 100.

N° 88 du Catalogue.

SAINT-NON (Abbé de)

109. Une Cour en Italie. A la sanguine. Encadré.

L. 228. H. 180.

STRY (Jacob van)

110. Le Troupeau au bord de l'eau. A la sépia. *Signé*. Encadré.

L. 212. H. 152.

SWEBACH (Attribué à Ed.)

111. Le Campement. Crayon rehaussé de sépia et de légers rehauts d'aquarelle. Encadré.

L. 240. H. 178.

TAUNAY (Nic. Ant.)

112. Portrait d'un Officier. Crayon. Encadré.

H. 162. L. 121.

TROOST (Corneille)

113. Jeune Femme à la chandelle. Crayon noir avec rehauts de blanc, sur papier bleu. Collection Mouriau.

H. 332. L. 256.

114. Personnage à mi-corps. Crayon noir.

H. 325. L. 285.

VERDUSSEN (Jan Piéter)

115. Combat de Cavaliers — Chevaux à l'abreuvoir. Deux dessins à la plume. Encadrés.

VERHEYDEN (Matheus)

116. Etude de bras et de draperie. A la sanguine. *Signé* et daté : 1744. Encadré.

H. 356. L. 198.

WATTEAU (Antoine)

117. Jeune homme assis, les mains jointes ; au verso, croquis. A la sanguine.

H. 212. L. 145.

WATTEAU (École d'Ant.)

118. L'Homme à la seringue. A la sanguine. Encadré.

ZIEM (Félix)

119. Vues, paysages, études de navires, treize dessins à la mine de plomb, pages d'album de la jeunesse de l'artiste. Encadrés. *Ce numéro sera divisé.*

DIVERS

GOUACHE (XVII' siècle)

120. La Cueillette des fruits. Gouache, motif pour
éventail. Encadrée.

L. 538. H. 265.

N° 107 du Catalogue.

ÉCOLE ALLEMANDE (XVI' siècle)

120 *bis*. Martyre de S' Etienne. A la plume, lavé de
bistre. Encadré.

L. 360. H. 240.

ÉCOLE ANGLAISE (1'' moitié du XIX' siècle)

120 *ter*. Scènes humoristiques. Quatre dessins aquarellés.

ÉCOLE FRANÇAISE (XVIIe siècle)

121. *Marche et cérémonie faite à Madrid le 24 de novembre 1700 pour la proclamation de Mgr le Duc d'Anjou, Roy d'Espagne, sous le nom de philippe 5.* A la plume, lavé d'encre de chine. Encadré.

H. 245. L. 243.

N° 24 du Catalogue.

ÉCOLE FRANÇAISE (XVIIIe siècle)

122. *La Lutte dans la partie septentrionale du Champ de Mars, le 1 Vendémiaire VII.* Curieux dessin à l'encre de chine, rehaussé d'aquarelle.

L. 427. H. 215

123. Personnage à mi-corps. PEINTURE. Toile.

H. 510. L. 570.

123 *bis.* Tête de jeune Femme. Aux trois crayons. Encadré.

H. 460. L. 320.

124. Paysages. Deux aquarelles et deux dessins encadrés.

125. Le Château en ruines. Sépia.

L. 300. H. 199.

126. Le Fleuve et les naïades — Les Baigneuses. Deux
dessins à la pierre noire. Encadrés.

H. (de chaque dessin) 260. L. 175.

N° 84 du Catalogue.

127. Deux Paysannes. Croquis à la plume. Encadré.

L. 129. H. 108.

128. Un Sacrifice — Bustes d'Hommes — Profil de
Femme. Trois dessins à la sanguine.

ÉCOLE FRANÇAISE (Fin du XVIII⁰ siècle)

129. Jeune Femme ornant un autel de fleurs. A la sépia.
Encadré.

H. 270. L. 218.

130. Le Portique en ruines. Gouache. Encadré.

L. 130. H. 86.

ÉCOLE FRANÇAISE (XIXe siècle)

131. Au Bord de la Mer. Peinture.

132. Portrait de jeune Femme. Crayon noir. Encadré.
H. 185. L. 130.

N° 100 du Catalogue.

ÉCOLE HOLLANDAISE (XVIIe siècle)

133. Le Vieux Château au bord de l'eau. PEINTURE.
Encadrée.
L. 505. H. 348.

134. La Plaine. A l'encre de chine. Encadré.
L. 270. H. 186.

135. Le petit Troupeau. A l'encre de chine. Encadré.
L. 315. H. 180.

136. La Porte de ville. Crayon.
L. 302. H. 190.

ÉCOLE HOLLANDAISE (XVIIIe siècle)

137. La Maison entourée d'une barrière. Sépia et encre
de chine. Encadré.

L. 268. H. 196.

N° 97 du Catalogue.

138. Paysage au cavalier. Aquarelle. Encadrée.

L. 140. H. 94.

139. La Brodeuse. Aquarelle. Encadrée.

L. 270. H. 222.

ÉCOLE HOLLANDAISE (Fin du XVIIIe siècle)

140. Le Joueur de violon — Le Danseur. Deux dessins
à la sanguine, dans le même cadre.

ÉCOLE ITALIENNE (XVIIe et XVIIIe siècles)

141. Le Satyre entreprenant. Plume et encre de chine.
Encadré.

H. 145. L. 118.

142. Tête d'enfant. Crayon noir, légers rehauts de craie.
Encadré.

H. 190. L. 160.

143. Portrait d'un Cardinal, médaillon. MARBRE BLANC.
XVIe siècle. Encadré.

FIX-MASSEAU

144. Les deux Sœurs. TERRE CUITE patinée.

DIVERS

145. Le Clairon sonnant l'appel — Le Cheval et les
chiens de chasse — Tête de vache. Trois dessins
(deux à l'encre de chine, rehaussés d'aquarelle).
Encadrés.

146. Sous ce numéro, il sera vendu onze dessins, plusieurs rehaussés. Encadrés.

147. Sous ce numéro, il sera vendu, en plusieurs lots,
vingt-trois dessins anciens, encadrés.

148. Projet de monument — Sujets divers, paysages,
vues, etc., 34 dessins anciens et modernes,
auxquels on a joint un album de croquis (Vues
d'Algérie).

149. Sous ce numéro, il sera vendu en plusieurs lots,
soixante-quatre dessins, par Ranft, E. Torent,
Lunois, Herrero, L. Guy, etc.

150. Caricatures, environ 1.000 dessins à la plume, par
Henriot, Blondeau, A. Landelle, J. Cadel et autres.

FRAZIER-SOYE

GRAVEUR-IMPRIMEUR

153-155-157, Rue Montmartre

PARIS